CHANSONS

DE

CHARLES COLMANCE

LE CABARET

DES TROIS-LURONS

Air : *C'est à votre tour, mes enfants.* (Morisset.)

Autrefois, au quartier des halles,
Il existait un vieux bouchon,
Vieux comptoir, vieux pots, vieilles salles,
Tout était vieux jusqu'au patron.
Trois bambocheurs à courte empeigne,
Chapeaux blancs, rouges gilets ronds. (*bis.*)
Décoraient la joyeuse enseigne } *bis.*
Du cabaret des Trois-Lurons.

Là plus d'un buveur, bon apôtre,
Venait se rincer le sifflet,
Et d'un bout de l'année à l'autre,
Dieu sait le vin qu'on y buvait.

1re *Livraison.*

Pour le rentrer jamais d'entraves,
Quel dépit pour les vignerons !
On le fabriquait dans les caves
Du cabaret des Trois-Lurons.

Notre hôtesse à lourde bedaine,
S'adjoignant un gros Auvergnat,
Au moins une fois par semaine,
Déchirait un coin du contrat.
D'un petit jeune homme au teint blême,
Elle adorait les cheveux blonds ;
Le mari n'était qu'en troisième
Au cabaret des Trois-Lurons.

Des pochards, la troupe avinée,
Avec effroi, voyait écrit
Sur un coin de la cheminée :
« Crédit est mort, plus de crédit. »
Pourtant, en se moquant du reste,
On buvait sans craindre d'affronts,
Puisqu'on pouvait laisser sa veste
Au cabaret des Trois-Lurons.

Notre capitale envahie
Par vingt monarques conjurés,
Criait aux fils de la patrie :
A vos rangs, braves fédérés.
Du pays, prenant la défense,
Plus d'un de ceux que nous pleuron ;
Est parti, pour venger la France,
Du cabaret des Trois-Lurons.

Aux éclats d'une gaîté folle,
Aux élans d'un plaisir sans fin,
DÉBRAUX chantait la gaudriole,
LEROY trinquait avec DAUPHIN.
Le picton soutenait la verve
De ces aimables biberons ;
Momus avait soûlé Minerve
Au cabaret des Trois-Lurons.

Le temps a dévoré les traces
De ce pauvre et riant réduit :
Les murs se sont couverts de glaces,
Le comptoir de clinquant reluit.
Courant où le plaisir s'installe,
Je cherche dans les environs,   (bis.)
Si je trouve une succursale   } bis.
Du cabaret des Trois-Lurons.

LES

TRAINS DE PLAISIR

AIR *du Voyage autour de ma chambre.* (CLAPISSON.)

Partons, partons, le plaisir nous invite,
Usons la vie à notre aise, à loisir ;
Pour rattraper le temps qui fuit si vite,
Partons, partons, par les trains de plaisir.

Allons, enfants, partons, la cloche sonne,
Sur ce convoi, vrai rival de l'éclair,
Coursier géant dont la tête bouillonne,
Et qui frémit sous son harnais de fer.
Ardent foyer de force et de puissance,
Noble progrès, timide à son début,
Qui, s'élançant comme une flèche immense,
Part en sifflant, vole et touche le but.

　　　Partons, etc.

Partout le soir étend son voile sombre,
Mais le hasard a glissé parmi nous,
Vingt bons vivants, qui s'approchent dans l'ombre,
De vingt beautés qui serrent les genoux.

Puis, de la nuit la brise parfumée,
Lançant au loin nos vibrantes chansons,
Nous raffraîchit de l'haleine embaumée
Des prés, des bois, des fleurs et des moissons.

    Partons, etc.

A l'horizon, le soleil qui se lève
Du sol normand nous montre la beauté ;
Bons Parisiens, ébahis sur la grève,
Nos yeux surpris lorgnent l'immensité.
Salut ! salut ! majestueux rivage,
Tableau divin d'éternelles grandeurs,
Où l'Océan mine en grondant la plage,
Où la nature étale ses splendeurs.

    Partons, etc.

Et ces vaisseaux rangés en avenue,
Vieux vétérans sans reproche et sans peur,
Et ce trois mâts, qui, jusque dans la nue,
Jette en fuyant ses rubans de vapeur.
Que Dieu te suive en sa course rapide ;
Aux bords lointains, va, creusant ton sillon,
Fier vagabond du grand chemin liquide,
A l'univers montrer ton pavillon.

    Partons, etc.

Il faut quitter la rade pavoisée,
A table ! à table ! on donne le signal,
Et le Bordeaux, d'une teinte rosée,
Va colorant nos coupes de cristal.

A ce repas que l'appétit éveille,
La terre et l'onde ont fourni pour butin,
Et le gibier frais tué de la veille,
Et le poisson harponné le matin.

      Partons, etc.

Et, s'élançant de nouveau sur l'arène,
Le char de feu loin de se ralentir,
Comme le vent, nous pousse, nous ramène
Aux lieux charmants qui nous ont vu partir.
Légers d'argent, de soucis, de bagage,
Joyeux hier, joyeux encor demain ;
Puis, pour descendre au terme du voyage,
C'est l'amitié qui nous donne la main.

Partons, partons, le plaisir nous invite,
Usons la vie à notre aise, à loisir ;
Pour rattraper le temps qui fuit si vite,
Partons, partons, par les trains de plaisir.

OHÉ! LES P'TITS AGNEAUX

OU

UNE MAISON TRANQUILLE

CHANSON.

Paroles et musique de CHARLES COLMANCE.

La Musique chez L. VIEILLOT, 32, *r. N.-D.-de-Nazareth.*

Ah! eh! les p'tits agneaux,
Qu'est-c' qui cass' les verres?
Les poêlons, les fourneaux,
Les plats, les soupières?
Qu'est-c' qui cass' les pots?
Les p'tits, les gros,
Les brocs,
Les verres?
Qu'est-c' qui cass' les verres?
Qu'est-c' qui cass' les pots?

Je perche au poulailler
Dans une citadelle,
C'est du comble au premier
Une immense querelle;
Loin de m'effrayer
Quand j'entends ce remue-ménage,

Etant le plus sage,
Je leur crie à m'égosiller :
Ah! eh! les p'tits, etc.

Juste sous mon réduit,
Un ménage fidèle
Etrennait, cette nuit,
Un lit nouveau modèle.
Pan ! j'entends un cri,
Le couple tombe en défaillance ;
Adieu la faïence,
Tout est cassé, brisé... meurtri,
Ah! eh! les p'tits, etc.

Au cabaret du coin,
Des buveurs intrépides,
En se montrant le poing,
Cassent les pichets vides ;
Hardi, mes lapins,
Faites du bruit, cassez les vîtres,
Décollez les litres...
Mais respectez ceux qui sont pleins.
Ah! eh! les p'tits, etc.

Lasse de son réchaud,
Le cordon-bleu Palmyre,
Dans l'espoir du gros lot,
Casse sa tirelire.
Malgré ses joyaux,
Constance, voyant que sa glace
Lui fait la grimace,
En a fait dix mille morceaux.
Ah! eh! les p'tits, etc.

Leurs vases à la main,
Deux dames, mes voisines,
Se cognent en chemin,
En allant aux... cuisines ;
Tel deux avisos
Qu'un triste abordage submerge,
Au nez du concierge,
Le choc a brisé leurs vaisseaux.
Ah ! eh ! les p'tits, etc.

Moi, quand j'ai le nez dur,
Je regagne mon gite ;
En rentrant, je suis sûr
D'entendre Marguerite.
Va, tu peux crier,
Jeter au vent torchons, serviettes,
Mais quant aux assiettes,
Halte-là ! ça vaut un d'mi-s'tier.
Ah! eh! les p'tits, etc.

Enfin, nous fournissons
A la hotte, à la pelle,
Des monceaux de tessons,
Des débris de vaiselle.
Dieu, quel bacchanal!
C'est au point que le commissaire,
Un jour de colère,
A mis sur son procès-verbal :
Ah ! eh ! les p'tits, etc.

L'HOMME BLASÉ

SIXIO

AIR : *J'arrive à pied de Province.*
Ou : *Quel Cochon d'Enfant.*

Jusqu'à son son heure dernière
　　L'homm' cherche toujours,
La plus joyeuse manière
　　De passer ses jours.
J' crois qu' j'ai trouvé la meilleure,
　　Car, sans m' fair' prier,
Je m'en vas toujours un quart d'heure
　　Avant d' m'ennuyer.

Qu'un sot s' présente où j'habite,
　　J' suis déjà parti ;
Quand l' médecin m' rend sa visite,
　　J' suis toujours sorti.
Si j'attends dans ma demeure
　　Quelque créancier,
J' m'en vas toujours un quart d'heure
　　Avant d' m'ennuyer.

D'être l'amant d'une belle,
　　Si j'ai quelqu'espoir,
On est sûr de m' voir chez elle
　　Du matin au soir.

Mais si par raison majeure,
        Elle tient à s' marier :
J'en vas toujours un quart d'heure
        Avant d' m'ennuyer.

Qu'un' dam' dans une romance,
        D'un ton larmoyant,
Nous chant' les malheurs d'Hortense
        Et de son amant.
Qué qu' ça m' fait qu' la princesse meure,
        Pour son chevalier :
J' m'en vas toujours un quart d'heure
        Avant d' m'ennuyer.

Un soldat d'infanterie,
        Flambant fantassin,
Me parle de l'Algérie
        En lorgnant mon vin,
Ta carotte est supérieure ;
        Mais mon vieux troupier,
J' m'en vas toujours un quart d'heure,
        Avant d' m'ennuyer.

On doit entendre de Blaise
        Un récit nouveau,
Quand chacun prend une chaise,
        Moi, j' prends mon chapeau.
Sitôt qu'il braille ou qu'il pleure,
        J'enfil' l'escalier...
Je m'en vas toujours un quart d'heure
        Avant d' m'ennuyer.

J'ai la garde citoyenne
    En grande affection ;
Mais j'naim' pas trop qu' mon tour vienne,
    D'aller en faction,
Pour la prom'nad' extérieure,
    J' suis trop peu guerrier...
Je m'en vas toujours un quart d'heure
    Avant d' m'ennuyer.

Dès qu'un poèt' nous chant' l'aurore,
    Vous m' voyez filer ;
Sitôt qu'un savant pérore,
    J' voudrais m'en aller.
Le tombeau dont on nous leurre,
    N' peut pas m'effrayer,
Pourvu qu' j'y aille un quart d'heure
    Avant d' m'ennuyer.

Paris. — *L. VIEILLOT*, éditeur et seul propriétaire,
32, rue *Notre-Dame-de-Nazareth*.

Imp. de Appert-Vavasseur, pass. du Caire, 54.

NINI TROP-TOT-FAITE

CHANSON.

Paroles et musique de CHARLES COLMANCE.

*La Musique se trouve, à Paris, chez L. VIEILLOT,
éditeur, 32, rue Notre-Dame-de-Nazareth.*

Dieu ! la jolie p'tit' gueule !
Ah ! vraiment, c'est la seule,
　　La seule　　　　　　(*bis.*)
Dont je sois jaloux.
Tout le monde en raffole ;
Elle est, sur ma parole,
La seule, voyez-vous,
　　Qui nous plaise à tous.

Si je suis tant soit peu benêt,
C'est devant NINI TROP-TOT-FAITE ;
Rien que l'ombre de son bonnet
Me cause une stupeur complète.
Quand je la vois au point du jour
　　Gentillette
　　Et coquette,
Je retire, en tremblant d'amour,
　　Ma casquette :
Mamzell' NINI, bonjour,
　　Dieu ! la jolie, etc.

2ᵐᵉ *Livraison.*

Nini promène sous le ciel,
Du quartier du Temple à l'Ourcine,
Une tournure au naturel
Qui fait honte à la crinoline.
Son regard, des plus agaçants,
        N'est pas louche
        Ni farouche,
Et l'amateur, en tous les temps,
        Dans sa bouche,
        Compte trente-deux dents.

        Dieu ! la jolie, etc.

Nini, sans façon quelque fois,
Du particulier qui veut plaire,
Accepte le poulet bourgeois
Ou le jambonneau populaire.
L'écrevisse entre dans ses goûts,
        Elle fête
        La poulette ;
Mais elle préfère, entre nous,
        La galette
        Qu'arrose le vin doux.

        Dieu ! la jolie, etc.

Nini chante les airs nouveaux
Mieux que l'orgue de Barbarie ;
Elle aime surtout les morceaux
Quatrième catégorie.
Elle est tout autant que Grisi
        Attrayante
        Et touchante !

Mais devant un cercle choisi,
  Qu'elle chante
 Le Sir' de Franc-Boisy.

  Dieu ! la jolie, etc.

NINI tient ce qu'elle promet ;
Mais de sa sagesse, elle est fière ;
Les libertés qu'elle permet
Ne passent pas sa jarretière.
D'un bal, d'un souper clandestin,
  On suppose
  Quelque chose ;
Mais en la voyant le matin
  Fraîche et rose,
 On dit, j'en suis certain :

  Dieu ! la jolie, etc.

De lui confier mon secret,
Souvent la langue me démange ;
Mais pour aborder ce sujet,
Il faut l'orner de fleur d'orange.
Qu'importe qu'un monde méchant
  Mécanise
  Ma promise,
Pourvu qu'un ami bienveillant,
  Dans l'église,
 S'écrie en la voyant :

  Dieu ! la jolie, etc.

LA MUSETTE

AIR : *Rentrez dans votre demeure.* (Soldat de la Loire.)

Au diable la froide étiquette,
En avant les joyeux ébats ;
Le plaisir est à la Musette,
Au rendez-vous des Auvergnats,

C'est le séjour où la folie
Assemble son joyeux parti,
Les murs y sont tachés de lie
Et les bancs de jus de rôti.
    Au diable, etc.

La gaîté semble plus piquante ;
Car à peine reconnaît-on
De Momus la face riante
Sous la poussière du charbon.
    Au diable, etc.

Tout le monde demande à boire :
Garçon, servez du vin partout ;
Car la moitié de l'auditoire
Cuit à la vapeur du ragoût.
    Au diable, etc.

Bourgeoise, une forte salade,
Nous n'avons pas ce qu'il nous faut ;
Car à nous deux mon camarade
Nous n'avons mangé qu'un gigot.

    Au diable, etc.

Gorgés de vin et de pitance,
Le cœur tant soit peu guilleret,
Nous pouvons commencer la danse,
L'orchestre est sur son tabouret.

    Au diable, etc.

Musard, l'artiste que tu loues,
S'épuise le tempéramment,
Quand le nôtre se fait des joues
Grosses comme son instrument.

    Au diable, etc.

Remarquez bien le gros Jérôme,
Sautillant d'un air fanfaron,
C'est le cancan du Puy-de-Dôme,
C'est la polka de l'Aveyron.

    Au diable, etc.

Du jardin Fanchette est rentrée
Rouge et rajustant son mouchoir ;
Dansons encore une bourrée,
C'est la septième de ce soir.

    Au diable, etc.

Au fond, la servante Javotte
Vend, pour avoir des escarpins,
La peau du chat de la gib'lotte
Au marchand de peaux de lapins.
     Au diable, etc.

Quand sa recette est assurée,
Le gargotier, drôle de corps,
Termine gaîment la soirée
En jetant son monde dehors !

Au diable la froide étiquette,
En avant les joyeux ébats ;
Le plaisir est à la Musette,
Au rendez-vous des Auvergnats.

UN

HOMME EN RIBOTTE

AIR : *Ces postillons sont d'une maladresse.*

Remarquez bien au bout de cette table,
Ce gros luron sortant d'un long sommeil ;
Voyez briller sur son nez respectable
Ce vermillon, ce coloris vermeil,
Que le public nomme un coup de soleil.
En s'éveillant, poussé par le liquide,
Sur vingt sujets, il entonne un refrain ;
Pardonnez lui s'il tombe dans le vide,
    (Il est à moitié plein.)   (*bis.*)

Contre ce monde où l'astuce séjourne,
Enfants, dit-il, pourquoi tant s'acharner ;
Puisqu'il est vrai que notre globe tourne,
Ses habitants doivent aussi tourner,
Il n'est rien là qui nous puisse étonner.
Partout l'astuce, en habit comme en jupe,
Notre univers, si Dieu n'y met la main,
S'encombrera d'intrigants et de dupes.
    (Il est à moitié plein.)

Ecoutez-le, plus il boit plus il jase,
A ses voisins, il s'adresse d'abord :
L'honneur français, leur dit-il, est un vase
Fait d'un métal plus précieux que l'or,
Et rien d'impur n'en doit souiller le bord.
Si l'étranger prétextant la concorde,

Ose y verser l'opprobre ou le dedain ,
Malheur à lui si le vase déborde,
          (Il est à moitié plein.)

Tenez, voici, Fanchon notre servante,
Qui de ce lieu s'éclipsa l'an dernier ;
La pauvre enfant s'en alla chez sa tante
Y déposer les fruits de son panier,
Présent d'adieu d'un galant cuisinier.
Depuis six mois un beau garçon se glisse
Près de Fanchon ; mais vous craignez en vain,
Que de nouveau son panier ne s'emplisse,
          (Il est à moitié plein.)

Gais biberons, soutiens de la guinguette,
Tout en buvant vous ne vous doutez pas,
Qu'en avalant ce verre de piquette,
Vous nourrissez un peuple de soldats,
De gros commis et de fiers magistrats.
Du pauvre au riche et du prodigue au cuistre,
Votre gros sous passant de main en main,
Va s'engloutir au coffre d'un ministre,
          (Il est à moitié plein.)

Ici, garçon, ce long discours m'altère,
Apporte vite un pichet de nouveau ;
Ton vin me plaît, j'aime sa couleur claire,
Tu n'y mets rien qui trouble le cerveau ;
Moi, franchement, je n'y sens qu'un peu d'eau.
Dans ta maison, qu'on vante à juste titre,
D'avoir son compte on est toujours certain ;
C'est bien mon vieux ; mais remporte ton litre,
          (Il est à moitié plein.)   (bis.)

LE MÉRITE INCONNU

AIR *de l'Ermite de sainte Avelle.*

Reine des fleurs, de ta fraîche corbeille,
Chaque mortel désire une faveur ;
Si la beauté choisit la plus vermeille,
Si la plus fière échoit à la grandeur,
Souffriras-tu qu'une caste orgueilleuse,
Chaque printemps, pille ton reveuu ?
Fille du ciel, de ta main gracieuse,
Tends une fleur au mérite inconnu.

Un monde entier d'acteurs, de virtuoses,
De notre France épuise le Trésor ;
Leurs noms ornés de myrtes et de roses
Sont sur le marbre écrits en lettres d'or.
Le laboureur, en fécondant la terre,
Meurt à la peine, et qu'a-t-il obtenu ?
Du pain pour tous, et pour lui la misère !
Tends une fleur au mérite inconnu.

Vois ce point noir sur l'onde mugissante :
C'est un navire abîmé par les flots ;
Un seul pêcheur, à la mort menaçante,
Vient d'arracher passagers, matelots.

Ils ont touché la plage hospitalière,
Mais leur sauveur qu'est-il donc devenu ?
Brave et modeste, il gagne sa chaumière :
Tends une fleur au mérite inconnu.

Fermant cortège à la reine des anges,
Vois cette vierge, épouse du Sauveur,
Lis sur son front le mépris des louanges,
Et dans ses yeux la bonté, la douceur.
Sa vie entière, aux bienfaits consacrée,
A pour partage un oubli continu ;
La bonne sœur vit et meurt ignorée :
Tends une fleur au mérite inconnu.

Par l'ennemi, la Champagne envahie,
Gronde et rugit sous le joug étranger :
Allez purger le sol de la patrie !
Partez, enfants ! la France est en danger !
Noble martyr d'une lutte héroïque,
Gloire à celui qui n'est pas revenu !
Pour en orner sa couronne civique,
Tends une fleur au mérite inconnu.

Au seul récit d'une grande infortune,
Au premier cri d'une amère douleur,
Chaque Français, à la bourse commune,
Va déposer son tribut au malheur.
De cet impôt, que la pitié commande,
Le malheureux ne s'est pas abstenu :
Sur sa sueur, il a pris son offrande ;
Tends une fleur au mérite inconnu.

L'ALOUETTE

AIR : *Un jour*. (PAUL HENRION.)

Matinale alouette
    Des champs,   (*bis.*)
Au loin l'écho répète
    Tes chants.   (*bis.*)
Pars au pays des anges,
    Adieu,   (*bis.*)
En chantant les louanges
    De Dieu.   (*bis.*)

D'aussi loin que ma vue
    S'étend,
Je te vois dans la nue
    Planant,
T'élevant avec grâce
    Bientôt,
Tu sillonnes l'espace,
    D'en haut.

L'astre qui nous éclaire
    Des cieux,
Inonde de lumière
    Tes yeux.
Survient-il un nuage
    Jaloux,

Tu vois fondre l'orage
 Dessous.

Dans tes courses lointaines,
  Tu vois
Les prés, les champs, les plaines,
  Les bois ;
Des hommes qui t'abaissent
  Tu ris,
Qu'à tes yeux ils paraissent
  Petits !

Ne vois-tu pas, pauvrette,
  Là-bas,
Le vautour qui te guette,
  Hélas !
Ah ! fuis à tire d'aile,
  Sans bruit,
L'amitié te rappelle
  Au nid.

Oiseau, combien j'envie
  Ton sort !   (*bis.*)
Tu jouis de la vie
  D'abord.   (*bis.*)
Par des routes nouvelles,
  Tu cours ;   (*bis.*)
A des amours fidèles
  Toujours.   (*bis.*)

Paris. — L. VIEILLOT, éditeur et seul propriétaire,
32, rue Notre-Dame-de-Nazareth.

Imp. de Appert-Vavasseur, pass. du Caire, 54.

www.ingramcontent.com/pod-product-compliance
Lightning Source LLC
Chambersburg PA
CBHW070910200626
46818CB00006BA/2461